KAT

lily

RBA MOLINO

Texto: Pau Clúa Sarró.
Ilustraciones: Lidia Fernández Abril.
© de esta edición: RBA Libros, S.A., 2018.
Avda. Diagonal, 189 - 08018 Barcelona.
rbalibros.com

Diseño de colección: Compañía.

Primera edición: marzo de 2018.

RBA MOLINO
Ref.: MONL396
ISBN: 978-84-272-1247-3
Depósito legal: B-1.805-2018

Impreso en España - *Printed in Spain*

El primer vuelo de Kat

RBA

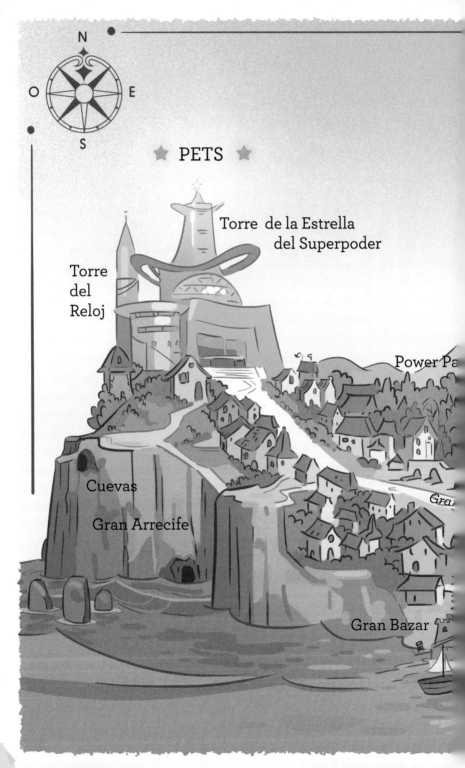

1

El gran día se acerca

El primer día de colegio siempre es emocionante y complicado en cualquier lugar, pero lo es aún más cuando todos los alumnos tienen superpoderes.

¿Todos?

Sí. Todos los alumnos tienen superpoderes. **TODOS**. Y todos los padres. Y todos los profesores. Cualquiera que viva en Animal City tiene superpoderes. Y se trata de poderes de animales, claro.

El camarero con poderes de pulpo puede servir cinco platos a la vez mientras escribe el pedido de otra mesa y, de paso, se coloca bien la pajarita. El albañil que levanta setenta veces su propio peso pero parece que suba y baje ladrillos como si fueran plumas posee, como ya debéis de haber imaginado, poderes de hormiga.

Y en Animal City también vive KAT, que, si quisiera y se pusiera las pilas, podría utilizar sus poderes de libélula para ir volando superdeprisa de un sitio a otro.

—No, no y no —le dice Kat a su amiga Lily por el comunicador que lleva en el brazo—. No voy a utilizar nunca más mi superpoder.

—Pero ¿por qué? —pregunta LILY, la chica con poderes de delfín, desde la pantalla—. ¡Si eres superrápida!

—Porque no, Lily. Porque cada vez que lo intento pasa algo malo.

A Kat le gustaría poder hacer como el guardia que tiene delante y que, con los poderes de águila, dirige el tráfico desde las alturas. Pero ella no lo hace. Entra y sale de las tiendas andando, cargada de bolsas con todo el material escolar y esperando el primer día de clase con los nervios a flor de piel.

Lily no entiende por qué su amiga no quiere volver a volar. Pero, claro, para Lily es fácil utilizar sus poderes de delfín. Ella domina a la perfección eso de respirar bajo el agua y hablar con todos los animales acuáticos. Kat, en cambio, todavía recuerda la vez que salió volando desde el acantilado de Animal City y acabó en medio del mar, entre focas, bacalaos y sardinas. O aquel otro día que voló sin querer en una tienda de colchones y estuvo rebotando, **boing-boing-boing**, de cama en cama durante cinco minutos. O anteayer, que quiso practicar en su habitación antes de empezar las clases y ahora convive con un gran agujero en el techo y un enorme chichón en la cabeza.

Y es que mañana es el gran día. **EL DÍA EN MAYÚSCULAS.** Mañana, todos los niños y niñas mayores de diez años de Animal City irán a vivir a la Poderosa Escuela de Talentos Sobrenaturales, conocida internacionalmente como **PETS.**

—¡Papáááá! —se oye en casa de **SOPHIA,** futura diseñadora de moda que puede camuflarse como los camaleones—. ¿Dónde está el cinturón a juego con mis guantes?

Este curso va a ser totalmente diferente. Diferente porque los estudiantes se quedarán a vivir en la misteriosa y famosa escuela, en lo alto del acantilado, al final de la Gran Avenida, y porque día sí día también aprenderán a usar sus SUPERPODERES.

—¡Mamáááá! —se oye en casa de **EMMA**, la chica con poderes de guepardo—. ¿Dónde está mi antifaz? ¿Me llevo todas las zapatillas? ¿Y la bici? ¿Habrá gimnasio en la escuela?

Kat, Lily, Sophia y Emma son solo cuatro de los muchos alumnos que, nerviosos, están atareados con los preparativos para el gran día. Los demás, que tienen poderes tan diferentes como los de caballo, tiburón, araña, perro, ornitorrinco y hasta serpiente, también están nerviosos.

Bueno, no todos. OLIVIA se ha vuelto a quedar dormida haciendo la maleta. Con lo fuerte que es gracias a los poderes de panda, y lo dormilona y perezosa que puede llegar a ser.

Esta noche será la última que dormirán en sus camas. Las cinco chicas, Kat, Lily, Sophia, Emma y Olivia, todavía no lo saben, pero este primer curso en la inigualable PETS será muy especial y lo recordarán el resto de sus vidas.

2

Bienvenidos
a la PETS

La PETS es la mejor escuela para niños con poderes de animales. Allí aprenden a controlar los superpoderes, a combinarlos con los de sus com-
pañeros y a trabajar en equipo. Increíble, ¿verdad?
¡Imagina lo que se puede conseguir combinan-
do la fuerza de un elefante con el vuelo de un
águila! ¡O la rapidez de un guepardo con la inteligencia de un delfín! Y hablando de delfines...

—Hola, soy Lily. Delfín.

—Hola, Lily. Yo soy Sophia camaleón.

—Ya lo veo. Casi te confundo con la silla.

—Gracias, estaba practicando.

—Por cierto —pregunta Lily—, ¿no habrás visto a Kat, una chica libélula?

No. Sophia no ha visto ni conoce a Kat. Bastante trabajo tiene observando a los niños y niñas que se han concentrado en la Gran Sala Blanca de la escuela. Todos van con los trajes

que los identifican con los poderes del animal que poseen, y están nerviosísimos a la espera de que alguien les diga dónde, cómo y con quién van a pasar el curso.

—Hola, soy Emma, guepardo —les dice esta a Lily y a Sophia, que están sentadas junto a ella.

—Lily delfín, y Sophia camaleón —contesta Sophia—. Qué nervios, ¿verdad?

—Ella es Olivia —dice Emma señalando a la chica dormida que está sentada a su lado—. Debe de estar muy cansada porque se ha quedado frita.

—No creas. A los de los poderes de panda les pasa a menudo —contesta Lily, que conoce a la perfección todos los superpoderes—. Tienen mucha fuerza, pero se pasan el día durmiendo.

Lily pregunta a Emma por su amiga Kat, pero tampoco la ha visto. ¡Qué raro! No hay ni rastro de ella. En la Gran Sala Blanca se han reunido todo tipo de alumnos: ruiseñores volando, zorros saltando, arañas tejiendo, águilas planeando... Todos los superpoderes están reunidos armando un escándalo espectacular hasta que suena una campana.

¡Dong! ¡Dong! ¡Dong!

Tres toques. Algunos alumnos se sientan, pero un niño canguro sigue saltando; una niña marmota sigue roncando; un niño hiena está partiéndose de risa y una niña cóndor sigue sobrevolando la sala.

¡Dong! ¡Dong! ¡Dong!

Tres toques más. Todo el mundo se sienta. Olivia por fin se despierta. Y se hace el silencio. Es entonces cuando, de repente, el suelo, el techo y las elevadas paredes blancas se transforman en un enorme jardín.

—¡Ooooh! —exclaman todos al unísono.

Los alumnos observan boquiabiertos los pájaros, los insectos, las plantas y los árboles del jardín que los envuelve. Parece de verdad. Tras otro dong, como por arte de magia, el jardín da paso a un desierto y la temperatura de la Gran Sala Blanca aumenta unos grados. Y tras otro dong, el desierto se transforma en selva y, después, en el universo: centenares, miles, millones de estrellas brillan a su alrededor.

Silencio.

Ya no hay más dongs. No se oye ni el sonido de una mosca. Solo una puerta que se abre, chirriando, al fondo de la sala.

—¿Qué pasa? —pregunta Lily a Sophia.

—Los profesores, supongo —responde esta.

Pues no. Del interior del universo, o sea, de la puerta del fondo de la sala, aparece una niña que mira curiosa a su alrededor y que parece un poco perdida. Es una chica vestida de azul, con alas de libélula y...

—¡Es Kat! —exclama Lily.

—¿Kat? —pregunta Sophia—. ¿Tu Kat?

Exacto. La Kat con poderes de libélula. La Kat que no se atreve a volar. La Kat cuya infinita curiosidad le costará el primer castigo del año si no se sienta inmediatamente.

—¿Se puede saber dónde estabas? —le pregunta Lily en cuanto la tiene a su lado.

—Me he perdido —contesta Kat—. Esta escuela es alucinante. Hay pasadizos, escaleras, paredes que se mueven...

—Vale, vale, después me lo cuentas —contesta Lily—. Mira, estas chicas son Emma, Sophia y Olivia.

Pero ya no hay tiempo para más presentaciones.

¡¡BARRABUMM!!

Un trueno ensordecedor inunda la sala y, ahora sí, parece que entran los profesores.

3

Miss Bífida
y compañía

La primera profesora que aparece es una mujer enfundada en una gran capa blanca, guantes blancos, antifaz blanco, capucha blanca y botas rosa chicle que, alzando los brazos, dice:

—Alumnos y alumnas, me llamo LADY BÚHO DE NIEVE y soy la directora de la escuela. El día de hoy marcará un antes y un después en vuestras vidazzzz...

En medio del discurso que estaba pronunciando, Lady Búho de Nieve se ha quedado blanca como el papel y dormida como una cría de marmota.

—¡Por todas mis alas! —exclama Kat—. ¿¿La directora acaba de quedarse dormida??

—¿Qué tiene de extraño? —responde Olivia—. A mí me pasa a menudo.

La directora se ha dormido, sí, pero la profesora que está a punto de hablar lleva guantes, antifaz y botas, pero... de color verde. Verde escamoso. Verde brillante. Verde serpiente. Y, además, luce una larguísima melena recogida en una cola, lleva un bastón con cabeza de serpiente y, como las serpientes, arrastra las eses al hablar.

—Me llamo Bífida, pero podéissss llamarme MISSSS BÍFIDA. El próximo que diga una ssssola palabra quedará expulsssssado. ¿Me he expressssado con claridad?

Nadie dice nada, claro.

—¿Me expressssado con ssssuficiente claridad? —repite.

Nada. Nadie. Ni mu. Ni pío.

—¡CONTESSSSTAD! —grita al fin, consciente de su metedura de pata.

—¡Sí, Miss Bífida! —contestan todos, ahora sí, al unísono.

—Vaya genio, esta profe. Parece muy dura —comenta Lily.

—Sí —contesta Sophia—, pero va superconjuntada.

Miss Bífida, muy seria, se quita el guante de una mano, chasquea los dedos y el universo que hasta el momento envolvía toda la sala se vuelve negro. Negro como el carbón dentro de una bolsa negra dentro de la cueva más oscura que podáis imaginar.

—Ssssolo lo diré una vez —continúa Miss Bífida—. Tenéissss dossss horassss para ir al vesssstíbulo a recoger lossss librossss, lassss agendassss, el horario, el mapa de la essssscuela y vuessssstrassss maletassss, sssubir a vuessssstrassss habitacionessss a prepararossss y presssssentarossss delante de vuesssstro tutor o tutora.

«¿Y cuál es mi habitación?», piensan todos sin atreverse a preguntarlo. Afortunadamente, la maestra serpiente continúa hablando:

—Esssstáissss ssssentadossss en filassss. En cada fila hay cinco alumnosss. Esssssosss cinco alumnossss compartirán habitación durante todo el año. ¿Ha quedado claro?

Clarísimo. Sin decir nada más, la maestra más estirada del universo y el resto de los profesores desaparecen llevándose consigo a la directora dormilona. La Gran Sala Blanca pasa del negro al blanco en un abrir y cerrar de pestañas, y todos se dedican a observar quién está sentado en su misma fila.

Olivia, Kat, Lily, Sophia y Emma comparten fila, y eso quiere decir que también compartirán habitación.

Lily está contenta de que le haya tocado con Kat y con las otras chicas que acaba de conocer. Las cinco se dirigen al vestíbulo y recogen todo lo necesario. Mientras observan que el internado es más pequeño de lo que pensaban.

—Según el mapa —dice Sophia—, abajo solo hay la Gran Sala Blanca, en el primer piso hay dos clases y en el segundo, tres habitaciones.

—Imposible —contesta Lily—. ¿Dónde van a meter a tantos estudiantes? ¿Y la biblioteca? ¡Yo no puedo vivir sin libros!

La respuesta la encuentran cuando empiezan a subir por las escaleras. Al igual que la Gran Sala Blanca, en el interior del internado todo es blanco, pero como en la Gran Sala Blanca, las paredes cambian y pueden convertirse en todo tipo de ambientes.

—Mirad —dice Kat mostrándoles una pantalla justo en medio de la pared.

Kat, no muy segura de lo que hace, toca la pantalla y aparece un menú, como de ordenador, que muestra infinidad de palabras: PASADO, FUTURO, URBANO, RURAL, ACUÁTICO, AÉREO...

—No creo que sea buena idea tocar nada... —comenta Sophia, que es la más tímida de las cuatro.

Pero la curiosa Kat, sin hacer caso a su amiga, toca la pantalla y selecciona la palabra AÉREO. Al instante, el techo de la escalera deja de ser blanco y se convierte en un cielo lleno de nubes y pájaros. Las paredes y los peldaños de la escalera han desaparecido y parece que todos estén flotando en la nada.

—¡MOOOOLA!—exclama Kat, y pulsa la palabra TARTA.

—¡SÍIIII!—grita la golosa Olivia.

—¡NOOOO!—gritan sus compañeras—. ¡Nos van a pillar!

Demasiado tarde. El cielo azul se convierte al instante en una gran tarta de merengue. La barandilla de las escaleras se convierte en regaliz; los escalones, en nubes de azúcar, y las paredes empiezan a oler a chocolate caliente. Justo cuando Olivia está a punto de pegarle un lengüetazo a la pared...

—Señoritas, ya habrá tiempo para todo esto. Ahora, subid a vuestra habitación y preparaos para la primera clase.

La dulce y tranquila voz que les dice esto pertenece a otra maestra.

—Podéis llamarme MISS COLIBRÍ.

—Está bien, Miss Colibrí —dice Kat mientras vuelve a poner toda la escalera de color blanco.

—Es que esto es alucinante —intenta excusarse Emma.

—Lo sé —responde Miss Colibrí—. Pero ahora no es el momento.

Olivia, Lily, Emma, Sophia y Kat asienten con la cabeza, sonríen y siguen subiendo las escaleras.

—Ojalá tengamos a Miss Colibrí como tutora —dice Sophia.

—Pues sí —contesta Olivia—. Al oír su voz dan ganas de sonreír, relajarte, soñar y dormir, ¿verdad?

4

Somos
las Supermask

Cuando Kat, Emma, Olivia, Sophia y Lily llegan al primer piso y vuelven a mirar el mapa de la escuela, comprenden lo que está pasando. El mapa ya no muestra solo tres habitaciones, sino que va cambiando y aumentando a medida que los alumnos, desde las pantallas de las paredes, crean nuevas realidades.

—¡INCREÍBLE! —exclaman las cinco.

—Uf —dice Lily—. Sí que hay biblioteca. ¡Menos mal!

A continuación, Kat, como siempre, toca de nuevo la pantalla de la pared, selecciona NUEVA HABITACIÓN, CINCO PERSONAS, GRANDES VENTANAS, los nombres de las cinco ami-

gas, EJECUTAR y, de repente, la pared blanca se abre, aparece un pasadizo y, justo al final, hay una habitación con una bonita máscara, como un antifaz, grabada en la puerta.

—¡UNA MÁSCARA! —grita Sophia contentísima—. Y es preciosa... ¿Entramos?

Lo intentan, pero no pueden. El pomo de la puerta no cede.

—Qué raro —dice Emma—. ¿Por qué no se abre?

—¿LO INVESTIGAMOS? —sugiere Kat.

Rarísimo. En una pantalla, al lado de la puerta, aparecen sus cinco nombres. Seguro que esta es su habitación, pero...

—¡Tenemos que ponernos un nombre! —exclama Lily—. ¿Lo veis?

Es cierto. Aparte de sus nombres, en la pantalla aparece una pregunta: ¿NOMBRE DEL GRUPO?

—¿Y qué nombre nos ponemos? ¿Alguna idea? —pregunta Kat.

—Un nombre que nos identifique a todas, ¿no? —responde Lily.

—A mí me gustan los dulces —dice la golosa Olivia—. Podemos llamarnos «Las cinco tartas».

—A mí me gusta la moda —dice Sophia tímidamente—. ¿Qué tal «Fashion Girls»?

—¿Y «Las Superatletas»? —dice Emma, que es una fanática del deporte—. O «Las cinco corredoras» o «Corre, corre, que te pillo» o «Las olímpicas» o...

Las chicas se pasan varios minutos intentando buscar un nombre. Que si «Las Superestudiantes», propone Lily; que si «Superchicas», propone Kat; que si «KAT-EMMA-LILY-SOPHIA-OLIVIA», que si tal o que si cual.

Nada. No se ponen de acuerdo. Finalmente, después de un buen rato, Olivia interviene y propone lo siguiente:

—Vamos a ver. Tenemos superpoderes y en la puerta hay una máscara, ¿no?

—Sí —contestan las otras cuatro.

—Pues, ¿por qué no nos llamamos «Supermask»?

Claro. ¿Cómo no se les ha ocurrido antes? ¡SUPERMASK es perfecto!

La habitación, como no podía ser de otra manera, es espectacular. Cinco camas, cinco armarios, cinco escritorios y cinco grandes ventanas desde donde también se puede escoger lo que se quiere ver en el exterior.

—¡Este va a ser el mejor año de nuestras vidas, chicas! —les dice Emma a sus amigas.

—¡Síííí! —gritan todas—. ¡¡Vivan las Supermask!!

Durante el tiempo que les queda antes de la primera clase, las chicas deshacen el equipaje y lo guardan en sus respectivos armarios. Lily coloca tooodos sus libros en las estanterías; Olivia, sus cuatro cojines para dormir y las ocho bolsas de frutos secos; Sophia, las dos maletas de ropa y de accesorios ordenados por colores; Emma, sus cinco pares de zapatillas de deporte, y Kat... bueno... Kat pasa de ordenar y sigue jugando con la pantalla de su ventana: que si ahora un paisaje lunar, que si un mundo submarino, que si unas montañas nevadas...

—Adivinad —dice de pronto Lily, que está leyendo los papeles que les han dado en el vestíbulo.

—¿Qué? —pregunta el resto.

—Nuestra tutora es Miss Colibrí.

—¿De verdad? Uf... menos mal —contesta Sophia.

—Y adivinad otra cosa.

—¿Qué? —vuelven a preguntar todas a coro y expectantes.

—Que dentro de cinco minutos tenemos que estar en clase.

Como si alguien hubiera activado una señal de alarma, los nervios se apoderan de las cinco amigas.

—¿Qué me pongo? —grita, histérica, Sophia.

—¿Qué libros cojo? —se pregunta Lily.

—¿No podemos descansar un poco? —se queja Olivia.

Por suerte, Emma intenta poner un poco de orden.

—¡Supermask!

Nada, ni caso.

—¡¡¡SUPERMASK!!! —grita más fuerte—. En los papeles pone que para la primera clase no necesitamos nada y que solo tenemos que ir con nuestros trajes de animales.

—Aaaah, vale...

5

La primera clase

La primera clase con Miss Colibrí resulta de lo más agradable. La simpática profesora, con su dulce voz, les cuenta cómo va a ser su primer curso en la Poderosa Escuela de Talentos Sobrenaturales, un curso que está pensado especialmente para los estudiantes de diez años. También les informa sobre qué profesores van a tener.

—Educación física os la dará Mr Jotas —dice Miss Colibrí—. Es un profesor muy bueno, con el poder saltarín del conejo y con mucha paciencia, excepto cuando le preguntan por qué se llama Jotas.

—¿Y por qué se llama Jotas? —pregunta inmediatamente Zack, un niño con poderes de zorro.

—Porque, como veréis, tiene las orejas tan grandes como un conejo. De Orejotas, a Jotas. Pero tened en cuenta que no le gusta nada que se lo recuerden.

Toda la clase se ríe y la tutora continúa.

—Miss Bífida, que ya la conocéis, será la encargada de mejorar vuestros superpoderes.

—¿Miss Bífida es realmente tan dura como parece? —pregunta Sophia.

—Pues sí —contesta Miss Colibrí—, pero que sea dura no significa que no sea justa. Además, cuando la conozcáis mejor, seguro que os caerá muy bien.

Miss Colibrí sigue enumerando al resto de los profesores. La asignatura de historia de los poderes sobrenaturales, por ejemplo, la dará la directora, Lady Búho de Nieve, siempre y cuando no se duerma. Matemáticas, el profesor Tan, que se llama así no porque sea japo-

nés, que también, sino porque tiene los poderes y la inteligencia de un orangután.

—¿Y la **GRAN PRUEBA**? —pregunta Kat de sopetón.

—¿Cómo sabes lo de la gran prueba? —pregunta Miss Colibrí.

—Eeeeh, bueno —duda Kat—, es que soy un poco curiosa y lo he oído por los pasillos.

—Ahora os lo cuento —responde Miss Colibrí—, pero antes tenéis que presentaros.

A Sophia, que es muy tímida, no le hace ninguna gracia hablar delante de todos, pero al final accede y, después, uno a uno se van presentando los demás. Aparte de las cinco Supermask, en la clase hay todo tipo de niños con superpoderes. Zack, que ya ha intervenido, tiene poderes de zorro, y parece que a Emma ya le gusta un poquito; también está Kim, la niña pavo real que se cree guapísima y no para de hacer posturitas; la gata Katia y la avispa Kelly, que son las mejores amigas de la niña pavo real, y muchos más. En esta clase hay poderes animales de todo tipo: de hormiga, de koala, de león, de ballena y hasta de castor.

—A ver —dice Miss Colibrí cuando los alumnos han acabado de presentarse—. La prueba.

—¿Es obligatoria? —pregunta Kat, que no quiere usar su superpoder.

—Por supuesto —contesta Miss Colibrí—. ¿Sabéis qué es la **ESTRELLA DEL SUPERPODER**?

Claro que lo saben. Todos los habitantes de Animal City saben que es la Estrella que brilla en lo alto de una de las dos torres de la Poderosa Escuela de Talentos Sobrenaturales y que

gracias a ella todos tienen los poderes de algún animal.

—Pues bien —continúa la tutora—, la prueba consiste en alcanzar esta Estrella y se hace por grupos. Los alumnos de cada habitación serán un grupo, y el grupo que consiga alcanzarla tendrá un montón de puntos. Esos puntos se sumarán a las notas finales y la foto del grupo ganador figurará en el Pabellón de Ganadores de la escuela.

—Parece muy fácil, ¿no? —comenta Emma.

—No creas —responde la tutora—. Hay un par de reglas que debéis cumplir. La primera es que todos los alumnos de cada equipo deben colaborar y utilizar cada uno su superpoder.

—¿Todos? —pregunta Kat, preocupada.

—Todos sin excepción. El trabajo en equipo es esencial —contesta Miss Colibrí—. La se-

gunda regla es que no se pueden utilizar los peldaños de la escalera que conduce a lo más alto de la torre.

A partir de ese momento, Kat ya no interviene más, ya no oye que la prueba será al día siguiente, ni que el resto del día lo pueden utilizar para pensar un plan. La chica libélula solo piensa en una cosa: ¿cómo se las arreglará para no tener que volar?

6

Un enigma para las Supermask

De vuelta a la habitación, Emma, Sophia y Olivia deciden pensar un plan para ser las primeras en conseguir la Estrella y ganar la prueba. Para ellas supone un verdadero reto.

Kat, en cambio, no siente ninguna curiosidad por lo que sus compañeras están hablando, lo cual es muy raro en ella. Está quieta y pensativa en su cama, despistada y ajena a todo.

Lily, por su parte, ha ido a la biblioteca a ver si encuentra los planos de la escuela o alguna información que les pueda resultar útil.

—Vamos, Kat, no te preocupes —le dice Olivia—. A lo mejor un pequeño salto ya cuenta.

—No lo creo —responde Emma—. Su superpoder principal es el vuelo.

—Emma tiene razón, chicas —dice finalmente Kat—. Mi superpoder es el vuelo de la libélula, pero no estoy preparada para utilizarlo. Aún no. ¡Lo siento muchísimo!

Mientras Kat, Emma, Sophia y Olivia siguen en la habitación intentando encontrar una solución, Lily descubre el interior de la biblioteca.

—¡Esto es el paraíso! —exclama al contemplar libros y libros y más libros hasta donde alcanza la vista—. ¿Por dónde empiezo?

De repente, oye una voz muy, muy familiar a sus espaldas.

—¿Qué tal ssssi empiezassss por la sssección de mapassss?

Ups. Sí. Vaya. Es Miss Bífida.

—Oh, claro. Buenas tardes, Miss Bífida. Muchas gracias —responde Lily un poco nerviosa.

—Te acompaño.

Miss Bífida y Lily avanzan por los pasillos de la biblioteca. Las estanterías son tan altas que parece que anden por una ciudad de rascacielos construidos con libros. El silencio es absoluto y el bastón de la maestra resuena TOC-TOC-TOC cada vez que toca el mármol del suelo.

—Essss aquí —informa Miss Bífida al llegar a la sección de mapas—. Mapassss antiguossss, modernossss, planossss y todo lo que necessssitassss.

—Oh, ¡qué bien! Gracias —responde Lily pensando que Miss Bífida no es tan dura como parecía.

—Pero recuerda —dice la maestra antes de irse—: puedessss ssssubir ssssin tocar.

«¿A qué viene eso?», piensa Lily. «¿Qué quiere decir con subir sin tocar? ¿Subir a la estantería sin tocar los libros? ¿Cogerlos sin tocarlos?».

Lily no tarda ni cinco segundos en descifrar el enigma.

—Subir sin tocar, ¡claro! ¡Subir sin tocar! —exclama entusiasmada.

Sin perder más tiempo, la chica delfín decide no coger ningún mapa y se dirige a toda velocidad a la habitación de las Supermask.

—¡Chicas, lo tengo! —dice al entrar en la habitación.

—¿Qué? ¿Cómo? ¿Dónde? —pregunta Olivia, que se había quedado dormida.

—¡Y nosotras también! —responden Emma, Kat y Sophia—. ¡Ya sabemos cómo puede utilizar Kat su superpoder!

7

A por la Estrella

A la mañana siguiente, a primerísima hora, ocho equipos de cinco componentes cada uno están reunidos en la Gran Sala Blanca preparados para la GRAN PRUEBA. Tras el 3, 2, 1 de la directora, los cuatro equipos de la clase de Miss Colibrí y los cuatro de la clase de Miss Bífida salen disparados y se dispersan por la escuela. Las cinco Supermask también, claro.

¿El plan? Muy sencillo. Observar qué hacen sus contrincantes, trabajar en equipo utilizando cada una su superpoder y llegar hasta la Estrella.

¿Cómo?

Kat utilizará sus poderes de libélula, pero no el del vuelo, sino el de la supervisión, para vigilar los movimientos de los otros equipos desde la Torre del Reloj.

—Desde ahí arriba podré verlo todo —dice Kat.

Sophia se camuflará justo en la entrada de la Torre de la Estrella del Superpoder para controlar la escalera y en el momento justo avisará a Lily para que active sus poderes.

—Y, tú, ¿de qué te vas a camuflar? —pregunta Lily a Sophia.

—No sé. De puerta, de pared, ya veremos, sobre la marcha.

Lily llenará la escalera de la torre de agua, buceará SIN TOCAR los escalones y cuando llegue a la ventana más alta de la torre lanzará una cuerda para que Emma y Olivia trepen por el exterior.

—¿Cuánto rato puedes aguantar la respiración? —pregunta Emma.

—No me hace falta aguantarla —contesta Lily—. Puedo respirar bajo el agua.

—¡Ualaaaa! —alucinan sus amigas.

Una vez arriba, Olivia lanzará con su superfuerza a Emma hasta lo más alto de la torre para que consiga la Estrella.

Fácil, ¿verdad?

—¿Y cómo nos comunicaremos? —pregunta Sophia.

—Con esto —contesta Emma mostrando unos comunicadores pequeñísimos que se colocan en el oído—. Lo utilizamos en las competiciones deportivas para poder hablar entre nosotras.

—¡Perfecto! —gritan sus cuatro amigas.

—¡Somos lo más! —añade Olivia.

—No —corrige Kat—. ¡Somos las Supermask!

En un par de minutos, Kat ya está en lo más alto de la Torre del Reloj observándolo todo y contándoselo a sus amigas.

—A ver, chicas —les dice Kat—. Hay un grupo, con los poderes y las pegajosas ventosas de la lagartija, la estrella de mar y el pulpo, que intenta subir por el exterior de la torre, pero son muy, muy lentos. Otro grupo, con poderes de águila y halcón, han llegado a lo alto de la torre y están a punto de coger la Estrella, pero los han eliminado porque no todos han utilizado su superpoder.

—¿Y los otros grupos? —pregunta Lily—. ¿Ves algo?

—No los veo bien —responde Kat desde su posición—. Hay uno justo en la entrada de la torre.

Efectivamente, un grupo con poderes de araña, pavo real, gato y avispa han abierto la puerta de la torre y están tejiendo una tela superresistente para poder subir sin tocar los escalones.

—¡Ahora, Sophia! —avisa Kat.

Al instante, Sophia, gracias a su superpoder de camuflaje, sale de su escondite, cruza el patio, entra en la Torre de la Estrella y, sin que el otro equipo se entere, se sitúa en el espacio que hay entre la puerta y los escalones, sin tocarlos.

—¡Increíble! —exclama Kat—. No se distingue a Sophia de la pared de piedra.

Desde su posición privilegiada, Sophia ve que la niña araña sigue tejiendo la red y cómo sus compañeras, Kim pavo real, Katya gata y Kelly avispa, avanzan por encima, sin tocar los escalones.

Lo cierto es que no se han dado cuenta de la presencia de Sophia, que lo observa absolutamente todo pegadísima al muro.

—No sé cómo vamos a adelantarlas —susurra Sophia a sus amigas.

—¿Estás delante de la pantalla de la entrada de la torre? —pregunta Olivia, que ya se ha colocado junto a Emma, al pie de la torre.

—Sí —responde Sophia—, pero de momento no podemos utilizarla.

Qué mala suerte. Si no se hubieran entrete-
nido en la habitación, ahora seguramente se-
rían las primeras.

—¡Esperad! —susurra Sophia—. Creo que no
está todo perdido.

8

Trabajo en equipo

Sophia, desde su escondite perfecto al pie de las escaleras, no puede creerse lo que ve, y además le cuesta un montón aguantarse la risa. Su compañera de clase con poderes de pavo real, Kim, acaba de ensuciarse las plumas con la telaraña que están construyendo sus compañeras y no se le ocurre otra cosa que desplegar su preciosa cola.

—¿Qué pasa? —pregunta Kat desde las alturas—. No veo nada de nada.

Pero Sophia no contesta. En silencio, se limita a observar lo que sucede: las plumas han roto la telaraña y todos los integrantes del grupo se han caído por las escaleras y quedan definitivamente eliminados.

—Nos toca, chicas —dice finalmente Sophia a sus compañeras—. Lily, tu turno.

—Daos prisa —comenta Kat—. Hay un grupo de reptiles que está avanzando superrápido por la pared.

Al instante, Lily coge una cuerda y se dirige al punto en el que está Sophia, que ya no necesita camuflarse, y le dice:

—Bien hecho, Sophia. Ahora sal y cierra la puerta.

Sophia sale de la torre sin tocar ningún escalón y cierra la puerta. Dentro, Lily pulsa la pantalla, escoge MUNDO SUBMARINO, LLENAR ESCALERA DE AGUA y EJECUTAR. En menos de treinta segundos toda la escalera se llena de agua, desde el primer escalón hasta la ventana más alta. Con mucho cuidado, Lily empieza a bucear por la escalera sin tocar absolutamente ningún escalón y en un plis plas asoma la cabeza por la ventana de lo alto de la torre.

—Pssst, pssst —llama desde arriba—. ¡Olivia, Emma!

—¡Eeeh! —grita Olivia—. ¡Lo has conseguido!

Sin perder ni un minuto, Lily ata un extremo de la cuerda a la ventana y lanza el otro a sus amigas.

—Vamos allá —se anima Olivia, con Emma cargada a sus espaldas.

Uno-dos. Uno-dos. Uno-dos. Apenas sin esfuerzo, el superpoder del panda lleva a las dos Supermask hasta donde está Lily.

—Lo conseguimos —le dice Emma a Olivia—. Ahora solo tienes que lanzarme hacia arriba y en un par de saltos me planto junto a la Estrella.

—¿Seguro que llegarás? —pregunta Olivia—. Te puedo lanzar lejos, pero todavía está muy alto.

—Recuerda que tengo poderes de guepardo —contesta convencida.

—¡Rápido, chicas! ¡Los reptiles están a punto de llegar!

La suerte está echada. Olivia junta las manos y respira hondo. Emma se coloca encima de ella. Se prepara y ¡¡FFFIIIUUU!! Sale disparada como un cohete hacia lo alto de la torre.

Sube.

Sube.

Sube.

Y...

—¡VAMOOOOS! —gritan el resto de las Supermask, animándola.

A solo cuatro metros de lo alto de la torre, Emma apoya los pies en la pared para dar el salto final. Lo logra. Coge impulso y...

—¡¡OH, NOOO!! —gritan Olivia, Sophia y Lily.

—¡¡Emmaaaaa!! —grita Kat desde lo alto de la Torre del Reloj.

Emma no consigue llegar arriba. A solo un palmo de su destino, estira los brazos todo lo que puede, pero no llega a la Estrella.

Y cae.

Cae.

Cae al vacío sin poder evitarlo.

9

¡Por los pelos!

Emma cae desde lo alto de la Torre de la Estrella sin poder agarrarse al muro.

Olivia no puede cogerla cuando pasa a unos centímetros de la ventana, y lo que sucede a continuación es algo que será recordado en la Poderosa Escuela de Talentos Sobrenaturales durante muchos, muchos, muchos, muchísimos años.

Lady Búho de Nieve lo está viendo desde su despacho; Mr Jotas, Miss Bífida y Miss Colibrí lo observan desde la sala de profesores. Todos los alumnos de la escuela ven cómo, en un abrir y cerrar de ojos, una chica se lanza desde lo alto de la Torre del Reloj, vuela hacia Emma y la coge justo antes de que llegue al suelo.

—¡Es Kat! —gritan sus amigas.

—¡BRAVOOOO! —gritan el resto de los alumnos y profesores.

Efectivamente. Kat se ha atrevido a saltar al ver a su amiga en peligro. Ha olvidado completamente sus temores y, sin pensarlo dos veces, ha volado a la perfección sin causar ningún desastre.

—¿Ves como no era tan difícil? —le dice Emma mientras le guiña un ojo y la abraza agradecida.

A continuación, y tras planear un poco alrededor de la torre, Kat deja a su amiga en la ventana, junto a Lily y Olivia, y, después de otro cálido abrazo, vuela hacia la torre para conseguir la Estrella del Superpoder.

¡¡Las Supermask han ganado!!

¡Han conseguido la Estrella utilizando cada una su superpoder!

Ahora, las Supermask posan orgullosas en la Gran Sala Blanca, ante toda la escuela, mientras les toman una fotografía que, enmarcada, colgará en una de las paredes del Pabellón de Ganadores.

El resto del día es una magnífica celebración.

En la Gran Sala Blanca, convertida ahora en una sala de fiestas llena de luces, música y confeti, Emma, Olivia, Kat, Lily y Sophia reciben las felicitaciones de todo el mundo.

La directora, Lady Búho de Nieve, las felicita por haber trabajado tan bien en equipo. Des-

pués quiere decir algo más, pero se queda dormida. Miss Colibrí está muy orgullosa de que estén en su clase y segurísima de que este curso va a ser muy especial. Y Miss Bífida, quién lo hubiera dicho, se alegra de que Lily entendiera a la primera la pista que le dio en la biblioteca, pero le dice a Kat:

—Tendremossss que practicar esssse vuelo, ¿no creessss?

—Supongo —responde Kat un poco nerviosa.

Lily, sin dudarlo, le pregunta a la maestra:

—¿Por qué nos ayudaste? Hemos jugado con ventaja.

—No ssssolo ossss he ayudado a vossssotrassss —contesta Miss Bífida con una sonrisa—. Lessss di una pisssssta a todosssss lossss equipossss.

Quien también las felicita, y mucho, sobre todo a Emma, es Zack, el niño de su clase con poderes de zorro.

—Has sido muy valiente.

—Gracias, Zack —contesta Emma sonrojándose—. Todas lo hemos sido.

Las que no parecen muy contentas son Kim, Katia y Kelly. Las niñas con poderes de pavo real, gato y avispa ni se han acercado a felicitarlas. Las TRIKAS, como las llaman las Supermask a partir de ese preciso momento, se limitan a pasearse por la sala pensando que ellas son las mejores y las que tendrían que haber ganado.

Esa noche, ya en la habitación, Emma, Lily, Olivia y Sophia duermen como troncos. Ya han quedado atrás los nervios del primer día y se han dormido todas con una sonrisa en los labios, convencidas de que este año será el mejor de sus vidas.

Sin embargo, una de las Supermask todavía no ha conseguido dormirse. A Kat le ronda algo por la cabeza, pero todavía no sabe qué es.

10

Misterio
con sorpresa

Al día siguiente, antes de ir a clase, las Super-mask se dirigen al Pabellón de Ganadores para contemplar su fotografía y disfrutar de su triunfo.

—Nos quedan bien los trajes, ¿verdad? —dice Olivia.

—Sí —contesta Sophia—, pero tendría que haberme puesto otro cinturón.

—¡Y cómo brilla la Estrella! —exclama Lily—, parece un...

¡La Estrella! Sí que brilla, sí. Pero justo en ese momento Kat se da cuenta de lo que la ha preocupado toda la noche. Sin decir nada, sale corriendo y deja a sus amigas con la palabra en la boca.

—¿Kat? —grita Emma—. ¿Adónde vas?

Kat no contesta. Sigue corriendo en dirección a la sala de profesores y sus amigas la siguen sin entender nada de lo que está pasando. Como si la persiguiera el peor de los malvados, entra sin llamar y grita:

—¡La Estrella! ¡La Estrella!

Dentro de la sala, Lady Búho de Nieve, Mr Jotas, Miss Colibrí, Miss Bífida y el resto del profesorado se sorprenden al ver aparecer a la chica libélula tan alterada.

—Sssseñorita Kat —la riñe Miss Bífida—, ¿cree que esssstasssss ssssson formasssss de...

Pero Kat no escucha y sigue gritando:

—¡La Estrella! ¡La Estrella del Superpoder está rota!

A partir de ese instante, justo cuando el resto de las Supermask entra en la sala, ya no hay riñas ni reproches. El enfado de los profesores ha dejado paso a la preocupación, tal como demuestran sus caras blancas como la nieve y sus ojos abiertos como platos.

Sin perder un segundo, Lady Búho de Nieve ordena a todos dirigirse a lo alto de la Torre de la Estrella y todos, estupefactos, comprueban que sí, que es verdad, que a la Estrella del Superpoder le falta una de sus puntas, y que junto a ella hay un dibujo. El dibujo de un ESCORPIÓN.

Lady Búho de Nieve mira a Miss Colibrí. Miss Colibrí mira a Miss Bífida. Y Miss Bífida mira a Lady Búho de Nieve, pero nadie dice nada.

—¿Qué pasa? —pregunta Lily—. Solo se ha roto un trocito.

Pero sí que pasa.

—El problema no es que falte un trozo de la Estrella, querida —dice Lady Búho de Nieve—. El problema es quién lo ha cogido.

—¿Y quién lo ha cogido? —pregunta Emma—. No entiendo a quién le puede interesar un trozo de la Estrella.

—¿Vessss esssse dibujo? —pregunta Miss Bífida.

—Sí, lo veo. Es un escorpión —contesta decidida Emma—. ¿Y qué?

—Ese escorpión —continúa Miss Colibrí— es la marca de Kran. Kran ha vuelto.

No hace falta decir nada más. Con solo mencionar su nombre, todos los presentes saben lo que significa. Todos en Animal City saben quién es KRAN. Todos saben que es un antiguo profesor con poderes de escorpión que fue expulsado hace años de la escuela y que juró vengarse.

—¡Tenemos que encontrar el trozo de la Estrella que falta! —exclama Emma preocupada.

—No hace falta —responde Lady Búho de Nieve—. La Estrella volverá a crecer en unos días.

—Entonces ¿qué hacemos? —pregunta Kat—. ¿Qué quiere exactamente el tal Kran?

Nadie se atreve a contestar. Solo Lily, que ha leído un montón sobre el tema, se atreve a responder:

—Quiere que todos los habitantes de Animal City pierdan sus superpoderes, ¿verdad?

Verdad.

—Pero no nos preocupemos por eso ahora —afirma finalmente Lady Búho de Nieve—.

Kran quería que supiéramos que ha vuelto y ya lo sabemos. Además, ya va siendo hora de empezar las clases, ¿no creéis?

Kat, Emma, Olivia, Sophia y Lily asienten con la cabeza.

—Vámonos, Supermask —les dice Emma a sus amigas antes de marcharse.

—¿Ssssupermassssk? —pregunta Miss Bífida.

—Sí —contesta Kat tímidamente—. Es el nombre de nuestro grupo.

Miss Bífida sonríe al oírlo. El resto de los profesores también.

El tercer día en la Poderosa Escuela de Talentos Sobrenaturales está a punto de empezar. A ver qué sucederá.

De momento, en tan solo 48 horas, ¡cuántas emociones hemos vivido!

SUPERMASK

KAT

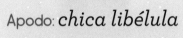

Apodo: *chica libélula*

Superpoderes:
VUELO y SUPERVISIÓN.

Le GUSTA: curiosearlo todo
y documentarse en internet.
NO le gusta: esperar.

Punto fuerte: es sincera y leal.
COLOR preferido: AZUL.

Día de la semana preferido:
miércoles, porque es el día que
practica vuelo con piruetas.

Frase preferida:
«¿Lo investigamos?».

Su sueño: sobrevolar el desfiladero
del DESIERTO ROJO.

Su secreto:
escribe un
diario.

lily

Apodo: *chica delfín*

Superpoderes: SUPERBUCEO y COMUNICACIÓN con los ANIMALES ACUÁTICOS.

Le GUSTA: viajar y aprender COSAS NUEVAS.

NO le gusta: que haya tantos libros que no ha leído.

Punto fuerte: es muy LISTA y le interesa todo.

COLOR preferido: ROSA.

Día de la semana preferido: lunes, porque en la semana que empieza pueden pasar cosas maravillosas.

Frase preferida: «He leído en un libro que...».

Su sueño: visitar la famosa BIBLIOTECA de la CIUDAD PERDIDA.

Su secreto: apunta en una libreta todas las especies de animales submarinos con los que ha HABLADO alguna vez.

Olivia

Apodo: *chica panda*

Superpoderes:

SUPERFUERZA y dormir en cualquier posición.

Le GUSTA: ¡DORMIR, DORMIR y DORMIR!

NO le gusta: llegar tarde, aunque le pasa a menudo...

Punto fuerte: es muy bromista y siempre está de buen humor (cuando no duerme, claro).

COLOR preferido: AMARILLO.

Día de la semana preferido: domingo, porque generalmente puede levantarse tarde, echarse una siesta después de desayunar y otra después de comer. :)

Frase preferida: «¿Comemos o dormimos?».

Su sueño: ir de vacaciones al PALACIO DE JADE.

Su secreto: esconde frutos secos y golosinas.

EMMA

Apodo: *chica guepardo*

Superpoderes:

SUPERVELOCIDAD y SALTO.

Le GUSTA: el deporte y los DESAYUNOS SANOS.

NO le gusta: pasar más de un día sin correr o practicar algún deporte.

Punto fuerte: está dispuesta a todo para ayudar a sus amigas.

COLOR preferido: LILA.

Día de la semana preferido: SÁBADO, porque puede seguir los partidos de sus deportes favoritos.

Frase preferida: «Si quieres, puedes».

Su sueño: participar en las OLIMPIADAS.

Su secreto: duerme con su peluche de la infancia.

SOPHIA

Apodo: *chica camaleón*

Superpoderes:
SUPERCAMUFLAJE y ESTILO.

Le GUSTA: LA MODA.

NO le gusta: destacar, por eso odia cambiar de color cuando se pone nerviosa.

Punto fuerte: es prudente y responsable.

COLOR preferido: VERDE
(¡combina genial con su color de pelo!).

Día de la semana preferido: JUEVES, porque es cuando tiene tiempo para leer la revista de moda que más le gusta.

Frase preferida: «¡Me encanta tu estilo!».

Su sueño: convertirse en DISEÑADORA DE MODA.

Su secreto: cuando necesita relajarse, ordena todos sus lápices de colores empezando por el que más le gusta y acabando por el que menos.

No te pierdas las aventuras de las heroínas con los poderes más animales

SOPHiA   EMMA   OliViA